사과처럼 앉아 있어

시작시인선 0235 사과처럼 앉아 있어

1판 1쇄 펴낸날 2017년 7월 24일
지은이 연명지
펴낸이 이재무
책임편집 박은정
디자인 이영은
펴낸곳 (주)천년의시작
등록번호 제301−2012−033호
등록일자 2006년 1월 10일
주소 (04618) 서울시 중구 동호로27길 30, 413호(묵정동, 대학문화원)
전화 02−723−8668
팩스 02−723−8630
홈페이지 www.poempoem.com
이메일 poemsijak@hanmail.net

ⓒ연명지, 2017, printed in Seoul, Korea

ISBN 978−89−6021−326−5 04810
       978−89−6021−069−1 04810(세트)

값 9,000원

*이 책의 국립중앙도서관 출판시도서목록(CIP)은 서지정보유통지원시스템 홈페이지(http://
 seoji.nl.go.kr)와 국가자료공동목록시스템(http://www.nl.go.kr/kolisnet)에서 이용하실 수 있습니
 다.(CIP 제어번호: CIP2017014912)
*이 시집은 성남시 문화예술 발전기금 일부를 지원받아 제작하였습니다.

사과처럼 앉아 있어

연명지

천년의 시작

시인의 말

엄마를 잃어버리고 나서야

　　　나는

엄마를 찾기 시작했다.

내가 가는 곳 어디서나

　　불쑥불쑥

온 천지에 흩어져 있는 숱한 엄마를 시집 속에 담기로
했다.

엄마와의 불화마저 그리운 봄날이다.

　　　　　2017년 여름, 백현동에서 연명지

차 례

시인의 말

제1부

제3부

제1부 물잠을 자는 거니

빈방에 부는 바람

엄마는 새끼들 손가락에서 피가 나면
갑오징어 뼈를 갈아 상처를 덮어주었다.

늘그막의 엄마는 온통 압통점이어서
생의 눈꺼풀 위 묵직한 바위 하나 올려놓았다.
당신의 뼈 아래서 놀던 우리를 남겨두고
마지막으로 잡았던 손들
하나도 데려가지 않고 혼자 갔다.

무언가 두고 갈 것이 있다는 걸
기뻐하라는 글을 남긴 어떤 이는
새의 눈물을 흘렸고
어미 앞에 죄인인 새끼들은 눈물을 꾹꾹 숨겼다.
누구도 눈물을 찾지 못하도록
바삐 숨겼다
누군가를 가슴에 묻어본 사람들은
눈물을 열고 잠그는 방법을 안다.

잘 울어야 한다는 교리가 있는 것도 아닌데
처음 본 입술은 깔깔 울었다.

엄마의 흔적은 사흘 만에
바람으로 불려갔고
살아서는 방에만 있던 엄마는
이팝나무 가지에, 바람 속에 숨어 있다.

새끼들 손가락에 피가 나면
얼른 오징어 뼈를 들고 나타날 것만 같은
엄마는, 죽어서도 엄마
그 엄마라는 말로 여전히 우리를 다독인다.

얼음 가운

하얀 가운을 입은
앵무새의 회진回診
호수戶數가 매겨진 방들을 돈다.

지금은 기계를 입고 숨을 쉬고 있지만
멀지 않아 숨을 묶는 시점이 올 것입니다.

학습이 덜된 새가 얼음 하고 말하면
침대 위의 남자는 손을 파닥이며
땡 하고 날숨을 쉰다.
앵앵앵, 얼음 앵앵앵, 얼음
우리의 귀는 당나귀 귀
슬픔이 고여오는 귀를 씻으며
앵무새의 입에서 나온 말들을
그의 주머니에 넣어준다.

알고 보면 새들의 날개는
온전한 날개가 아닙니다, 일종의 손이죠.

눕지 않아도 되는 병은 없나요.

모든 병은 치유의 시작
치유는 또 다른 죽음의 연장입니다.
그러니 이제 얼음땡 놀이의
종결어미를 학습하세요.
자유롭게 마침표를 땅, 하고 찍으세요

앵무새는 학습의 왕
경과와 예각을 청진하는 회진의 왕
입은 진료실에 두고 퇴근하는 것이 어떨까요.

손에 묻은 이름

어머니가 돌아가시고 생명보험 수급을 신청했다.

동생이 들고 온 증서에는 동백꽃 한 송이, 어머니 이름 옆에 꽃물 번져 있었다. 손가락으로 문질러 보았다. 붉은 사월이 지나간 자리 홑잎으로 날리다 만 이름 하나 번져 내 손가락 끝에 묻어왔다.

수급 신청란에 내 이름을 찍었다. 이름은 싱싱한 핏기로 둥근 도장의 원을 넘쳐 겹쳐진 꽃송이처럼 접힌 두 생 사이에 묻기까지 했다.

손에 묻은 이름을 천천히 휴지로 닦아내었다.

엄마는 아픈 이름을 오래 사용한 듯, 봄이라 여긴 곳마다 꾹꾹 찍어놓고 갔다. 뒤늦은 꽃소식처럼 이곳저곳에서 엄마 이름이 자꾸 날아온다.

엄마가 찍어놓고 간 이름의 온기로 한겨울 같은 봄을 견뎌야 하겠지만 왜 낭떠러지 끝 같은 곳마다 붉은 꽃 찍어놓고 갔을까. 발밑은 아득해서 어떤 꽃잎은 땅에 닿기까지 몇

년은 걸릴 것 같은데

　봄날은 간다, 즐겨 부르던 엄마의 연분홍 치마풍으로 바
람이 또 분다.

봄날, 손목을 열다

물잠을 자는 거니

손목은 슬픔과 가장 가까운 곳.
손목을 열면
쌀쌀한 소매가 튀어나온다.
히어리꽃 피는 강가에서 물수제비를 뜨는

하나둘…… 일곱 살에 가라앉은 돌.

강물이 깨질 때
왜 물은 쏟아지지 않을까요.
물을 헛디딘 사람을 꺼내려고
아무리 물수제비를 떠도 쏟아지지 않는다.

마지막 표정을 들고 우리는
설렁탕 집에 둘러앉아
환하게 열린 손목들을 본다.
아직도 손목의 빈혈을 생각하면
문을 잠그듯 손목을 잠가주고 싶은 기억이
뜨거운 국물을 뜬다.

검은 뚝배기에서 안개가 식어가고
누군가는 단숨에 들이마시고
긴밀하게 검은 원피스들을 벗어
종이봉투에 담기 시작한다.

왼쪽 손목의 안부를 오른쪽으로 감추며 묻는다.

슬픔을 설명하는 일은
봄을 지워가는 일
마른 꽃 속으로 너의 잠을 숨긴다.

봄날, 손목에서 부스럭거리는 소리가 울리면
묵묵히 귀를 열 것.

사이

오동과 나뭇가지 속으로
악보 없는 울음들이 강을 건너고 있다

오동나무에는 꽃 지는 이별들이 숨어 있고
손을 놓고 돌아서면 또 한 번의 봄이
보랏빛 조문을 한다
지는 꽃 받는 그늘은
오동나무의 검은 위로다

물관이 깊은 나무의 뿌리가 부푸는
유령의 달에는
누군가의 담장이 무너져 내린다
사이와 사이는 아무리 닦아도
먼지처럼 틈이 낀다

삼베옷을 입은 오동나무와
봄의 사이엔 불가능한 통증이 있다

오동의 이파리는
스틱스강처럼 푸르게 출렁인다

이미 모르는 사이처럼
가만히 그림자가 되어주고
검은 리본을 떼듯
봄은 무심하게 상한다

눈의 얼룩지는 곳
검은 연기가 찰랑이고
세상의 모든 사이로 카론의 배 떠 있다

사과처럼 앉아 있어

호흡이 깊은 우모로
그림을 그릴 때는
움직여서는 안 되는 것들이 있어야 해
가령, 간질간질 사과를 간질이는 빨간 햇살에도
사과는 얌전하게 앉아 있지
모델은 가끔 햇살 쪽으로 오른뺨을 돌려
빨갛게 익은 햇살을 빌려와야 해
사과에게 햇살은 빨강
빨강은 가끔, 사과를 고쳐 앉으라고 주문하지.

사과는 봄과 여름을 번갈아 땋고 양 갈래머리가 길어지
는 동안에도 사과는 맨 처음 꽃의 자세로 앉아 있지. 핑그
르, 돌고 싶은 날에도 햇살은 사과처럼 앉아 있으라고 했지

멀리 아란섬에서 불어오는
풍향을 받아 적다 보면 사과의 배는 불룩해지고
손거울도 없는 모델은 왼쪽 뺨을 돌려
빨갛게 색의 채도를 높여가지

한 알의 사과로 만족하는 햇살은 없어

꼭지는 자꾸 사적인 생각 쪽으로 떨어지려 하고
봄부터 세잔의 구도構圖에 붙잡힌 사과는
늦가을이 되어서야 술 냄새를 풍길 수 있지

파이프를 문 햇살이 팔짱을 낄 때
누군가 앉아 있는 사과를 뚝, 딸 때
햇살과 별개의 관계가 되겠구나

식물의 성선설性善說

갓 돋아난 어린 순들과
새싹들은 품성이 착합니다.
혹독한 겨울의 잠에서 꾼 꿈은
훈육訓育이었을까요,
햇살마저 웃음처럼 돋는 쌍떡잎은
봄바람에 대한 예의 같습니다.
하물며 그악한 옻나무도
봄에는 그 순이 온순하답니다.

식물은 곧추섭니다,
뜯어 먹혀도 좋다는 뜻이지요.
그 옛날엔 봄을 춘궁기라 했지요.
이제, 사람이 버린 춘궁기를
동물들이 물려받았지요.
울음으로 시작하는 초식동물들의
한해살이에도 순한 풀맛은
이빨을 온순하게 하지요.
식물들은 자랄수록 그 끝이 날카로워지고
스스로 머리를 숙입니다.
억세어지고 질겨졌으니 먹지 말라는 뜻입니다.

갸륵하기까지 합니다.
초식이라는 식탁의 이름으로
되새김질이라는 수저의 방식으로
지구의 땅, 절반을 먹여 살리니까요.
울타리가 없는 풀밭은
어린 짐승들의 소유물이지요.
풋열매들마다 배앓이를 두는 것도
다 내년 봄의 식량을 생각해서겠죠.
이처럼 선한 음모를 본 적이 있나요?
착하고 선한 풀들은 맹독의 뱀을 숨겨주고
사람의 낫질도 다 받아줍니다.
그러므로 식물들의 이름을
조용히 읊조리는 일은
풀밭 하나를 낭독하는 일입니다.

수정구

누군가 수정구를 흔들고 있는지
딸과 아빠가 눈보라 속에 갇히고 있어요.
이곳은 둥글고 투명한 날들이고
가끔 눈보라가 일곤 해요.

구름의 불룩한 배처럼 부푼
눈의 무덤이 있는 언덕을 알고 있어요.

투명한 수정구 안의 눈은
한 번도 녹지 않아요,
아빠와 딸은 얼어붙은 듯
한곳에서만 서 있어요.
누군가 흔들 때마다 겨울이 오고 눈이 내려요.
한여름에도 봄날에도
펄펄 눈이 흩날려요.

이건 분명한 기억이에요.
맑고 투명하지만
달아날 수 없는 기억이에요.

세상의 수정구마다 펄펄 눈이 내린다면
지구의 겨울은 그 수만큼 더해야 할 거예요.
여름만 있는 나라에도
수정구 속의 겨울은 있을 테니까요.

서정抒情을 가두어놓은 듯 보이지만
네모난 세계도
삼각형의 뾰족한 끝도 없는
생각날 때마다 흔들어대는
이렇게 슬픈 선물이 있을까요.

봄의 퍼즐

동그랗거나 네모난 것들이
쨍그랑 깨지는 봄이에요

깨어지기 위해 온 꽃들을 만나는
발목들, 이미 봄의 퍼즐 판으로 뛰어들었어요
지난해 흩어진 목련을 보았고
몇 채의 집이
봄의 설계도를 의뢰해놓았다는 소문은
화무십일홍의 몇째 날일까요

한동안 문을 열지 않았어요
차갑게 얼거나 뭉쳐지니까요

담장들마다 자잘한 확성기 설치가 끝이 나면
나무랄 데 없는 패턴으로 창문을 열어요
그때 문득 궁금해지겠죠
죽은 이의 영혼이 꽃으로 온다는 소문
오늘은 엄마를 식수해야겠어요
꼭꼭 밟아야겠어요

활짝, 며칠만 다녀가는 꽃들의 얼굴을 데려와
윙윙거리는 벌의 발로 물어봐야겠어요
며칠간 환했다가 떨어져 가는 것이
혹시 감탄 수집 기간은 아니냐고 따져봐야겠어요

훈풍이 섞어놓은 듯
어느 곳에 빈 액자 테두리를 놓아도
참 잘 맞는 봄이에요

물결을 발굴하다

물결을 만지다
옷가지들을 발굴했다
뒤집어진 주머니와
땟물의 연대기와 얼룩의 소멸을 발견했다
쨍쨍 해가 뜬 오전이
마당에 길게 빨랫줄을 묶었다
널어놓은 발굴의 품목에서는
물방울 보석들이
뚝뚝 떨어졌다

가끔 바위에서 찾아내는
물결무늬들이 있다면
그건 돌 속에서 오래 말라갔을 돌들의 고향이다

셔츠에서 날고 있는 종이비행기. 숨을 참고 있는 구겨진
지폐의 우연. 연두로 입혀진 앞치마에서 양들이 풀을 뜯고,
젖은 물의 악보들. 어떤 물결들은 바람의 세기를 막지 못해
깨어지고 조용히 문을 잠그는 손을 떨게 한다.

물결 구석에는 구부정하게 엎드려 있던

입덧의 기억이 있다.

불규칙한 호흡을 나누어 가졌던

물결무늬를 개고 있는 손,

한때 물결을 쥐고 헤엄쳤던 경험이 있다

물결무늬 돌,

한때 호수였거나 연못이었던 것들이다

시간을 돌보다

어린 화분이
늙은 나무를 돌보듯
물줄기가 곡선을 돌보듯
저녁의 문들이 따뜻한 불빛을 돌보듯
불룩하게 물이 찬
배 하나를 눕히고 있는 등
늘 반대만 하던 부위들이 아프며
서로를 돌본다

숟가락이 아픈 입을 돌보듯
맑게 풀어진 날씨가 어린 꽃들에게
햇살을 떠먹이는 봄
앞가슴에서 늙어가는 등 하나 있다.
분명 나를 업어 키운 등
오줌을 지렸던 따뜻한 등을
다독이며 돌보고 있다.

반대는 언젠가 올
지금의 훗날
당신과 나는 전혀 다른 반대로

가고 또 오면서도 이토록 다정했었다

어린 말투로 늙은 말투를 돌보고
여름의 꽃말로
가을의 꼭지를 돌본다.

머리를 뒤로 묶는다는 것은

머리를 뒤로 묶으면
포니테일, 어린 말이 뛰어논다.
세상의 모든 바람은 다 자유의지라서
머리핀의 종교가 있다.

일요일의 주인은 머리핀
어린 유다도 열한 시를 묶는다.

머리카락은 풍향의 이정표이거나
어린 바람의 산실産室이기도 하다.
머리카락을 뒤로 묶는 일은
힘없이 가라앉아 있는
바람의 부스러기들을 분발奮發시키는 일
집 안의 미적분을 평수로 편입시킨다.

머리카락을 흘렸던 장소들이 있었다.
헝클어진 선을 다듬거나
가렸던 얼굴을 들춰내
뒤로만 가는 자유의지에 순응했었다.
깔끔하다는 것은

바람의 틈틈이 넓어졌다는 말.
내가 잘라냈던 바람의 끝이
가시나무들마다 따끔따끔 돋아나고 있다

빗질을 뒤로 넘기다 보면
내게 와서 가지런해지는 것들을 알게 되지만
그런 생각들이 싫어
쓰러져 누운 생각들을 묶어놓고 정독하는
바람에 휩쓸리는 풀밭을 빗질 중이라 여기는 날들
한쪽으로 흐르는 물을,
그 길고 긴 길이를
어디쯤에 가서 묶으려 하는 것이라 여기기로 한다.

풀밭에, 물줄기에
예쁜 머리핀을 선물하고 싶다.

명중 수집가

검은 코뿔소의 몸은
어디가 명중일까요
과녁을 향해 달려가는 코뿔소는
귀에 의지해 시력을 의심하지요
한 호흡, 느리게 코뿔소가 쓰러지고
아프리카 초원에서 명중 하나가 사라집니다.
명중에선 어김없이 노을이 쏟아져 나옵니다
숨죽인 풀들 한쪽 눈을 질끈 감지요.

노을이 꼬리를 잔뜩 세우고
공작새처럼 걸어오네요.
새들은 꽃의 얼굴에 넘쳐나는 검은 열매를 좋아하지요.
글씨를 몰라 이기적인 전래동화를 들으며 자랐거든요
시간은 스스로 명중을 찾아갑니다
거절을 지나 신조차 없는 세계를 서성이며
초침을 지그시 감아봅니다

조준은 한쪽 눈을 질끈 감아야 합니다.
감은 다른 눈엔 그동안 수집한
명중들이 가득 들어 있습니다

명중을 위해 두 눈을 뜨는 일은 결코 없습니다
무심코 두 눈을 연 사이
그동안 모았던 명중들이 다 도망칠지도 모르니까요.

조간신문을 보면 명중 수집가들은 넘쳐납니다
나는 어떤 종류의 수집가일까 왼쪽 눈을 감아봤어요
단순히 불행을 비껴가는
듣고 싶은 과녁만 향해 가는 수집가가 보입니다
쉽게 짓무른 자리에
풀꽃이 돋아나고 다시 짓물러갑니다

한 계절, 씨앗이 수십 개의 명중을 끌고
열매 속으로 가는 이유는
모든 꽃이 과녁이어서 그렇지요.

빈 어깨를 만지는 것처럼

공허한 눈빛에서 냉정함이 느껴지는

어깨가 외로운 사람을 사랑한 적이 있어

그는 절대고독*을 만지작거리며 걸어왔지

들숨 날숨 정명定命 같은 끌림이 있을 때마다

머리에서 가슴으로 가는 길에 천 개의 계단이 놓였지

날개바람의 발톱에 걸린 눈덩이처럼

계단마다 붉은 비명이 몸 밀어오네

깊고 말랑말랑한 눈빛에 갇힌

그의 눈빛에 녹아든 내 눈은 별이 박힌 우물이 되곤 했지

그는 내 눈물을 먹고 사는 유리멧새가 되고 싶다고 했어

굳어가는 희망에 물을 주기 위해 하얀 와이셔츠를 입던 날

헤드라이트 불빛이 곤두박질쳐 왔어

죽음과 맞서며 조각난 다리뼈를 맞추는

그를 두고 바다를 보러 갔었지

예리한 조각칼 목판화 속으로 걸어가고

정물이 되어버린 유리멧새의 표정과 해가 지고 난 바다

절름거리는 시간의 스위치는 내려졌어

다시없을 비밀은 절뚝절뚝 폴더에 저장되고

그의 영혼을 잡아 가슴에 밀랍했어

오랫동안 나는 천 개의 계단을 오르지

붉어서 깊은 어둠의 정원에서 당신을 기억하네

* 절대고독: 김현승의 시.

스티로폼의 겨울

　검은 연기를 등에 지고 사막을 건너는 남자를 본 적이
있다

　스티로폼을 태우는 초저녁
　하얀 물체들의 검은 속살은
　빠르게 오그라든다
　저의 껍질 속으로 숨는 달팽이처럼
　검은 연기 속으로 숨는 물거품 같은 스티로폼
　원래부터 휘어져 있는 존재들
　씨앗 속으로 숨어 들어가는 꽃들처럼
　묘연한 고양이들처럼

　불은 가시가 무성한 부드러움
　한밤 골목을 돌아다니던 등뼈가 굽은 고양이과 바람
　첫 번째 집과 끝 집을 돌고도
　초인종을 누를 수 없다

　골목을 기웃거리다 발에 밟힌
　바람의 임시 거주지 같던 스티로폼 한 장
　통저음을 연주하며 기화하는 눈보라들

낮게 쓸려가도 겨울은
거대한 스티로폼 덩어리 같다
밟으면 뽀득 뽀드득 소리가 나는
발자국으로 얼어버린 눈길 같은
무겁지 않아서 고양이과科
야옹야옹 울지 않아서 빈 주머니과科

자세히 들여다보면
아이들의 기도 같은
너무 가벼워서 날아다니는 스티로폼

묘진 연못에 두 손을 담그고

푸른 파문들을 손금에 새기는 것은
묘진 연못으로 깃드는 얼굴을 앓는 것

그 출렁이는 우리의 기도

가미코지 숲 속 묘진 연못에는 사랑을 켜는 할배가 산다. 삼나무 할배가 하얗게 죽어 뿌리만 수장된 물무덤을 돌보며 살고 있다. 비가 오면 같이 샤워를 하고 숨바꼭질하는 햇볕에 몸을 말리며 곤들매기의 안부를 묻는다. 달빛이 연못을 어루만지는 밤이면 연령초의 노래를 듣기 위해 집게손가락을 입술에 대고 다가간다. 요정들이 빚어놓은 꽃눈이 열리는 계절이면 번개에 뭉그러진 몸뚱어리로 다리를 만들어 사람들을 불러오기도 한다.

열두 번째 달이 오면 삼나무의 무릎에서 연한 싹들이 나와 흩어진다
숨을 열고 살던 날과 다르지 않게 이끼로 옷을 만들어 입히고 바람의 세기를 기록하기도 한다. 우기가 계속되는 어떤 날들에는 물에 잠겨 고사한 줄기만 남은 나무를 도닥이며 밤이 지나가는 걸 보기도 한다. 그런 날 아침 물무덤에

엎드려 우는 삼나무 할배를 바람도 건드리지 않고 비껴간
다. 묘진 연못으로 끊임없이 사람들이 몰려오는 이유는 수
백 년이 흘러도 사랑을 잠그지 않는 할배 때문이다.

그들이 서로 사랑하며 사는 풍경을 담아 내가 사는 빌딩
숲 속에 풀어놓았다 싱싱한 별들 도착하는 소리 명랑하다

제2부 자작나무를 앓는 병

나는 이제 봄을 칭찬할 수 없다

고통을 번역한 눈물,

그 눈물이 접어놓은 도그지어 같은 봄날

꽃샘바람이 뼈를 긋고 지나가요

접어놓은 눈물에서 싹이 나요

한 생애를 고작

한 얼굴로 만나고 헤어지는 일에

다만 슬플 뿐이에요.

침묵하는 이름을 또 접어놓는 일이에요.

연우煉雨가 검은 먹지를 받치고

오래도록 번지고 있어요.

위로가 필요한 저녁 술잔에

술이라도 타설할까요

다만 말문이 비틀거리겠지요.

그러니 알 만한 꽃들과 나누어 마셔야겠어요.

차가운 심장이

여러 페이지로 접히겠지요.

야무지게 봉해진 항아리 안에서 견뎌야 할

빈 생에 대해선 의문 따위는 없어요.

툭툭 불거졌던 불화가

당신과 나의 그리운 지옥이에요.

가시금작화

구름은 소리가 없어
동생과 가장 친한 사이였어요
몽당연필 속에서 목탄색 구름을 화지에 옮겨놓는
동생은 구름에게 무례한 친구였어요
구름에는 불운의 색깔이 있고
동생은 어느 날 물방울을 그리다
적란운 속으로 스며들었어요

산의 한 귀퉁이가
아픈 날이 있다고 했어요

돌은 얼마나 가벼운 이불일까요
눈이 와도 비에 젖어도
돌은 너무 가벼운 무게여서 날아가지 않았어요
이끼가 생긴 돌은
다시 살아나고 있는 중이라고 했어요
가시금작화는 꽃다지처럼
이곳저곳을 몰려다녔어요

엄마는 두 개의 무게를 업고 있었어요

병은, 들어온 만큼
뛰어노는 발을 버리라고 재촉했어요

이젠 책 속에다 동생을 버려야겠어요
접고 접힌 구름의 교차와
해안선이나 수평선 같은 접선을 따라다니라고
따끔한 눈물을 보여야겠어요
까치발을 든 비들이 불쑥 쏟아지는 날에는
우산을 쓰지 말아야 해요

오류

사도시대의 기적과
신유에 오류가 생겼다.
사람들은 어긋난 뼈들을 맞추기 위해
요양병원을 짓기 시작했다.
뼈는 죽음 이후를 견디는 자세들이어서
누워 있거나 시간보다 더 느리게 걷는 뼈들
한 달을 약속했지만
링거 줄에서 벗어날 수 없다.

기적이 폐지되지 않았다는 설교는
일곱째 날에 반복되고 있고
바이러스들은 항생제를 넘어서서
돌처럼 무거운 팔들에게 권위를 부여해주고 있다.
목을 뚫고 관을 삽입하면 어떨까요?
논의論議는 강경한 권유와
나약한 승낙으로 이루어져 있다.

창밖을 서성이는 검은 그림자와
눈 마주치지 않으려 창문을 보지 않는 뼈들
마주 보는 침대들의 눈 속에는 더 많은

죽음이 서성거리고 있다.

폐에 구멍 숭숭 깊게 뚫린 줄 모르고
사력을 다해 자전거 페달을 밟고 있는 서어나무
당신의 오류를 한 달이면 고칠 수 있다고
장담하는 입술에서
일곱째 날의 설교가 뭉개지고 있다.

침대 하나가 정리되고
다시 천진한 뼈 한 벌이 눕는다.

혈육들은 대부분 요양 중이다

살구빛 햇살이 시다.
반짝이는 들꽃을 엎질러놓고 가는 아침
하나씩 기억이 사라져가는 그곳에는
비 내리는 안색이 가득하다.

말하는 말과 듣는 말이
서로 다른 곳
귀가 가까운 곳에서
기계들이 3교대로 침대를 감시한다.

죽음이 감기처럼 오는 골목의 끝 방에는 거짓말이 많다

무엇을 더 접어둘 것이 있는지
가난한 휠체어 바퀴
햇살을 섞으며 은혜롭게 굴러간다.

시설이 좋은 나무들
자식들에게 남겨놓고 싶지 않아서
비밀이 되어버린 어떤 얼굴들
앙상한 일과를 뒤적이며 성호를 긋는다.

가만히 누워 발가락만 까딱이는
무의식에도 체류비가 붙는다.

이제 지루한 병은
자주 발목까지 벗겨져 내린다.
귀가 멀어지는 통점이 오면
서어나무 창가에 검은 리본 달린다.

사과를 잃어버린 봄, 수요일

천냥금 나무에 매달린 사과를 바라보는 시선이 텅 비어
있다

온종일 사과를 바라보아도 마음을 그릴 수 없어
사과처럼 앉아 세잔의 그림을 읽는다

호흡의 끝을 지나야 사과의 마음이 보여
벽에 비스듬히 걸린 비올라의 시선을 따라가 봐

사과와 나는 무슨 관계라 불러야 하나

꽃눈을 열고 봄이 붉은 머리를 쑤욱 밀어 올린다
한 해밖에 살지 못할 거면서 매일 더 찬란하다
종아리가 눈물 뚝뚝 흘려야 떠나보낼 수 있는 봄
뒷모습을 끌어당기는 저 깊은 눈빛에
결박당한 봄은 이제 슬픔의 본적이 되어버렸다

봄과 나는 어떤 사이라 불러야 하나

봄의 반대편으로 가는 기차역 벤치에 앉아

수요일에 떠난 사과를 생각한다
열흘쯤 몸살을 앓아야 지나갈 수 있다는
봄을 견디는 입술이 무겁다

사과의 손목을 놓지 않았던 사흘이 노오랗게 올라온다

뻔뻔한 소문

은유는 바람둥이처럼
사계절에 한 번씩 꽃잎을 낳아서
탱자나무 울타리 안에는
꽃잎들의 수사修辭가 추하다.

꽃눈의 누수는
먹지도 못할 열매를 몰고 오지
어긋난 가시 울타리들은
안과 밖을 만들지.
툭툭 떨어지는 은유들의
명함을 보며 꾸는 꿈
미소로 읽는 눈꼬리를 조심해.

입안 가득 핀 꽃들은
가련하게도 고슴도치를 낳기도 한다.
서로의 잎맥을 염려하는 것처럼
진심을 다해 핀 꽃들
저 무책임한 은유를
알래스카 북극곰에 팔아버리면 어떨까

얼굴을 대신할 수 있게 한 것이
말(言)이라는데
빈말들을 묶어 목걸이를 하고
맘몬Mammon의 노예가 되어간다.

뻔뻔한 말들의 뒤에는
가상의 꽃들이 핀다.

배추흰나비

촘촘히 바느질을 하면
배추흰나비처럼 쇄골이 너울너울 난다.
마른 숨소리는 어느 부위에도
붙일 수 없는 헝겊 같은 것
휴지기를 향해 시침을 고르고 있다.

배추벌레가 지나가는 자리마다
숭숭 구멍이 뚫린다.
뚫린 구멍으로 하늘 자리 엿보는 눈
불룩하게 부푸는 뱃속엔
나비잠 자는 수의壽衣 한 벌
봄바람에 거풍시킨다.

파종기를 지난 자식들은
귀가 멀어 울음을 채집하지 못한다.
이마의 그늘 깊어지는 동안
조금씩 봄날을 덧대어
장다리꽃 낙화 시간에 맞춰
들숨 날숨 바느질을 계속한다.

배추벌레에게 내어준 몸
파릇한 베개에 구멍이 숭숭 뚫린다.

눈처럼 소복이 쌓일 날 멀지 않았다.
너울너울 날아다니던 배추흰나비
내민 손끝마다 살포시 내려앉고 있다.

점말동굴[*]

점말 할머니 말투는 동굴을 닮았지

동굴은 그 수명이 다하고 나면 자연사 박물관이 된단다.
이렇게 크고 우거진 등을 본 적이 있니? 갈참나무, 화살나
무 동굴의 등에는 온갖 수종들의 나무가 자란단다. 혀를 닮
은 이파리 다 떨어진 겨울엔 동굴의 등에 얼굴을 묻고 잠
을 잔단다.

똑, 똑 초침이 떨어지는 소리가 울리는
동굴의 안쪽은 늘 배가 고프지.
박쥐 몇 마리 외엔 물방울 울림만 먹고살지.

그 옛날에는 모닥불과 아이의 울음소리를 먹고살았다는
전설이 있단다. 내부가 지루한 시대가 지나면 너른 들판과
별들의 밤이 새로운 시대를 판서判書했을 것이고 타고 남은
불의 토막 끝으로 토끼와 아이들의 웃음을 그렸단다.

지금도 그곳에서 기침을 하면
어린아이 울음소리가 들린단다.

식인이었다는 학설, 사람의 **뼈**와 밥그릇과 동물과 자연의 접속사 같은 흔적이 발견되는 동굴, 웅크린 시간을 펴지 않아 내부는 온통 엉킨 **뼈**들이 비좁단다.

　　오래 공복이었던 내부로 한 무리의 사람들이 관람하고 동굴은 다시 우적우적 제 속을 채울 것이지만 점말 할머니의 목소리엔 동굴 속 메아리가 붙어 있다.

　　살아 있는 모든 것들은 오래오래 따뜻하단다.

* 점말동굴: 충청북도 제천시에 위치한 '점말'이라는 곳에 있는 구석기 시대의 동굴 유적지.

석유는 달린다

치타와 프롱혼을 해석하면
봉상가 석유를 만날 수 있지.
넓은 초원에서는 단 한 사람의 마음도 가져보지 못했지만
이 세상은 석유의 그림자가 되었지.

달린다, 석유들이 연소되면서
검은 꼬리를 뿜어댄다
그러니까, 동물성에는 빛나는 무지개가 번진다
뜨거운 폭발과 불꽃이
동물의 습성에는 들어 있다
흑갈색 물들을 자세히 저어보면 잘못된 거울이 나타나고
스프링복이 나타나면 프롱혼이 보인다.

달린다, 냉방을 달리고
트레일러를 달리게 하고 굴뚝들의 업무가 된다.
석유는 지하의 시간을
연소시키는 힘이 세다
세상을 들썩이는 것은 동물들의 빠른 다리
사람들은 흉내 낼 수 없는
유감스러운 다리

계기판들을 재촉하며
몇 드럼의 힘, 몇 방울의 힘으로
뿔을 앞세우고 꼬리를 휘저으며 시간을 물어뜯는다.

동물들 속엔 환한 등불과
엔진 소리가 들어 있다.
부르릉거리는 저 무거운 강철들을 달리게 해서
먼 미래의 속도를 충전한다.

방주

―마오리족 전사들은 피 흘려 얻은 땅들을 팽팽하게 맞추어 남섬이라 이
름 지었다. 거대한 느시가 날개를 펄럭이면 초원의 아랫도리는 바람에
도 흔들렸다.

뉴질랜드 남섬, 0시 2분에 고립된
흰 얼굴의 소 세 마리.
다 허물어지고 딱 그만큼 남은 언덕은
신神의 계획된 방주다.

무한한 숫자를 세다가 딱, 모자라는 숫자 3
그 계획 속으로 신은
세 마리의 소들을 끌고 갈 것 같다.

휘몰아치는 거대한 땅은
소들의 목초지가 아니다.
저녁 무렵 땅따먹기 놀이가 출렁이던
그때처럼,
버려진 소 떼들
소들은 갑자기 좁아진 들판을 의아해하겠지
무너지고 갈라진 재앙의 등에서
소들은 더 이상 오르지도
내려가지도 못하는 풀을 뜯고 아직은 평화롭다.

신을 모르면 재앙도 넘침도 모르겠지만

태연하게 옆구리 부비며 풀을 뜯는
저 소들의 묵묵함

넘치거나 무너져 내리는 것들은
모두 신의 재앙들이다.

신데렐라 형님

나는 신데렐라 형님
깍두기를 잘 담그지
자정은 나의 홈그라운드
내 발에 딱 맞는 펜과 타자기가 기다리지
책상은 나의 마차
수난사와 핍박에 대해 쓰고 있지.
졸음은 계모같이 찾아오지
쓴 커피는 이복 언니처럼
내 속을 쓰리게 하고
동서들은 나를 보고 자꾸 형님, 형님
부르고 나는 신발이 아닌
정신을 잃고 삐뚤어진 코를 한
빨간 코의 왕자를 기다리지.
그렇지만 어둠은 불완전한 비밀 항아리
달의 왼쪽을 닮아 있지
잠을 뒤집어 박쥐처럼 매달려
깍두기를 썰듯 파롤과 랑그를 썰다 보면
누군가의 충고는 근엄한 양념
발육이 좋은 양념들이
깨진 항아리 밖으로 졸졸 새어 나오지.

내 눈을 빨갛게 물들이는
검은 자정을 한없이 뒤적이며
올빼미를 통과하는 아침
야무지게 익은 깍두기 한 접시
호박 마차를 기다리다 새우잠을 잔
태양 쪽으로 기우는 아침,
나는 밤의 여신 신데렐라 형님.

길에 스며들다

어디로 가야 할지 모를 때는
울퉁불퉁한 음악을 생각해
거친 길을 디디듯
살피듯 콧노래를 흥얼거려야 해.
오늘은 어떤 방향이 겸손할까
오렌지 스카프에 꽉 조여오는 청바지를 입고
보리수나무 아래서 손을 흔들고 서 있는
콧수염 아가씨의 잘록한 허리를
반갑게 치하해야 해.
낮은 돌담 사이 수줍은 귀 한쪽을 지나치거나
바다가 접어놓은 길을 펼치며
리본을 따라 걸어야 해.
오늘의 물고기들은 지느러미를 묶고
멸치 떼들이 뛰는 수면을 향해
바람의 흐름을 호흡하고 있으니
해풍은 외로운 쪽으로 불어온다는
소문에 급급해서는 안 돼
한 번 스치는 바람을 채집하거나
언젠가 넘어진 적이 있는 길을 투정하는 일을
기억하는 것도 속 좁은 기록들이야.

들켜버린 샛길의 수다와
홀아비꽃대와 옹녀꽃이 흘레붙는 소리
뒷모습으로 걸어가는 그림자 비끼거나
길 모가지를 훑어 먹는 일 모두
윤슬이 빼곡히 적힌 바다 사서함 속에 보관해야 해.
울퉁불퉁한 발자국들 모두
이 길 위에서 써버릴 거야.
순진한 올레길 하나 접어 배낭에 넣고
가끔 그리워할 거야.

오독

섬 안의 어둠은 비밀을 공유하기 좋은 서랍
날카로운 이빨을 숨긴 뱀이 부드러운 목소리로 과일주
를 따라주네
창밖 근심스러운 얼굴로 서 있던 달빛은
바람에 밀려 수척하게 늙어버렸다

섬 안의 저녁은 잘못 읽거나 틀리게 읽기 좋은 책
온몸을 웅크려 정확하게 읽으려 했지만
이상한 과일에서 없는 발이 걸어온다
난간을 넘어오는 분별없는 뱀

섬 안의 밤은 행간을 버리기 쉬운 밤
띄어쓰기도 없이 날것들이 물어뜯던 검붉은 입술
꽃을 베어 무느라 바지춤이 흘러내린 문장을
애초부터 허리띠도 없는 문장을 오독했다

그 밤, 그들은 섬 하나를 찢어놓았어

뱀이 자주 다니는 풀밭에서 사프란 꽃이 진다
섬 한가운데로 화살이 비처럼 쏟아졌고

사람을 폭력으로 읽는 밤은 슬픈 일이야

아름다운 섬 중앙의 사프란 꽃은 꺾지 말라던
할머니의 말이 새벽 귀를 타고 담을 넘는다

다음 날 아침

변기의 오른쪽에서 균열은 시작됩니다

벽에 걸린 수건을 부드러운 팔처럼 베면
엄마의 입술이 이마에 머물다 사라져요

체한 듯 매장된 기억
악몽으로 수건을 잃어버릴까 봐 두려운 저녁

균열의 어둠 사이로 검은 구름 몰려오고
매서운 바람으로 가득한 여기는 숨 막히는 세계

비의 독한 손톱이 내 숨을 베어버렸어요

맨살에 핏빛 고통이 흘러내려요
벽에 걸린 수건을 엄마 품처럼 펼치면 별빛 너머
그리운 입술을 만날 수 있을까요

죽음이 나를 삼키는 동안
죽음이 나를 괜찮다고 덮어줍니다

그 아침 일곱 살의 모든 것이 깊은 어둠 속으로 가라앉
았고
깍지 낀 두 손에 분홍 미소가 슬프게 박혀 있었어
너의 비명을 듣지 못한 다음 날 아침은
죽은 문장이 되어 화구로 밀려 들어갔어*

* 계모의 학대로 화장실에 갇혀 죽어간 원영이를 추모하며.

머나먼 안녕

스크린도어에 매달린 스파이더맨
그가 남긴 지문이 지하의 어두운 골목을 돌아
안개 속에서 깊게 울리는 아침

떠나지 못하는 별
눈물방울이 되어 알리움에 스며들었다

끝없이 슬픈 알리움 멀어지며
안녕, 이라고 말하지 않는 영혼을 위로하기 위해
꽃을 들고 우리는 그에게로 간다

상처로 빛나는 스크린도어에서 낯선 슬픔이 쏟아진다

아픈 영혼들이 서로 부둥켜안고
목 놓아 울 때 유월의 장미는 죽음 쪽으로
조금 더 붉어진다

미술관 가는 길을 잃어버린 잿빛 물방울들
그늘 깊은 구의역에 앉아 하모니카를 분다

잠깐 동안에 열아홉 해의 시간을 잃어버린
단 한 사람을 위한 진혼곡

나머지 기억은 유월의 서랍 속에 넣어둘게
이젠 안녕 우리들의 스파이더맨

흉터

신선로에서 보글보글 끓고 있는 오피스

명품 냄새 풍긴다고 덥석 숟가락 담그지 말고
밀린 관리비 달 비는 없는지 달근하게 끓고 있는
밑바닥까지 뒤적여보시지요
두 번 유찰된 이유나 알아보시든지

대리석을 깔고 앉은 아파트
역세권에 솔깃해서 수표 한 장 끊지 말고
배당 신청은 했는지 임차인은 몇 명인지
돋보기를 걸치고 보시게나
루페로 고샅고샅 훔쳐보시든지

고독한 의자에 앉아 오래된 흉터가 된다
가난한 몸이 갈 곳을 잃는다
내 꿈은 붉은 낙인처럼 서류 봉투 속으로 들어갔다
뜨거웠지만 허기가 밀려왔다고
박자를 맞추지 못한 손을 원망하는 것은

죽음의 울음소리를 줍는 일

오래전 내 꿈이 실패한 자리 2013타경6980[*]

---

[*] 2013타경6980: 경매 번호.

자작나무 숲에 사는 자작나무에게

그녀는 자작나무를 앓는 병을 가졌다

열에 들뜬 얼굴로
입속에 뜨거운 말을 머금고
오래된 불빛을 꺼내 자작나무 숲으로 간다

자작나무 숲을 걷는 시간은 밤과 낮을 견디는 방식

등 뒤에 업은 아이를
자작나무 밑에 심고 돌아설 때 그녀의 살과 뼈가 녹아
가슴에 들었다

검은 가슴으로 피 흐르는 손을 들어 자작나무를 만질 때
눈에 가득 자작나무를 넣고 살았다는
그녀의 목소리는 폐허

자작나무의 울음이 무릎까지 기울어지면
길은 몸을 열어 그녀가 지나가도록 그늘을 내려준다

너무 간절해서 눈물겨운 손가락들이
어둠에 업혀 서로의 몸에 든 슬픔을 어루만질 때
고요하게 길목을 닫는 자작나무 숲

제3부 쇄골 깊은 새 한 마리

잠 위에 떠 있는 모자

모자를 써야 누울 수 있는 생生
등 뒤로 검은 그림자가 다가온다

다리가 후들거리는 오후
모자를 들추면 새 한 마리 날아간다
외로워서 흐릿해진
생 전체가 날아간다

가족사진은 추위에 떨고
기억의 숲에서는 맑은 종소리가 울린다

도둑맞은 혈액이 유리관을 채울 때면
멍든 잠이 하루를 훔쳐간다

10CC의 혈액을 도둑맞은 도트 무늬의 모자는 지난밤
구름 위를 지나 새로운 숲을 발견했다는 쪽지를 남겨두
었다

침대 위에 떠 있는 모자 속으로
쇄골 깊은 새 한 마리 이사를 왔다

찰싹 파티[*]

금요일의 별이 쏟아지는 옥상으로 와요
일흔일곱 계단을 올라 밤하늘의 얼굴을 볼 수 있는
찰싹 파티가 열리는 밤

사랑니가 뽑힐 듯 흔들거리는 금요일
몸에 착 달라붙는 레깅스를 입고
바람이 자유롭게 들락거리는
헐렁한 티셔츠를 걸치고
오래된 옥상을 찾아가는 길

밤 별들이 내려와 시멘트 바닥에 퍼질러 앉은
불금이면 파티가 열려요
전시회도 열고 고기도 구우며 차차차
아래층 사람들 귀가 커지면 안 돼요
오른발은 바닥에 찰싹 붙이고 왼발로만 춤을 추어요

헝클어지고 싶은 금요일 바깥의 나를 만나
무거운 등짐을 벗어버리고 찰싹 파티를 즐겨요

찰싹, 찰싹 바닷물이 바위에 부딪치듯

사람과 사람 사이에 물보라가 일어요

금요일의 기분과 별빛을 나눠 가질 수 있는
찰싹 파티에 여러분을 초대합니다

＊ 찰싹 파티: 동대문에는 60년 된 상가가 있다. 그곳에서는 뜻있는 분
들이 옥상의 쓰레기를 치우고 전시회를 열거나, 금요일이면 파티를
열기도 한다.

스마랑 항구*의 비밀

소녀들의 꿈이 적출당한
군도가 부스러기처럼 떠 있는 자바섬

후타다소라 불리던 위안소들이 스마랑 시내에 그물처럼
퍼져 있었어

큰 눈을 감으면
통증이 깊어지는 저녁
붉은 꽃잎들 몸 밖으로 흘러넘쳤어

어린 소녀의 하얀 팔뚝에 무수히 피어나던 양귀비꽃
감각 없는 허벅지를 쓸고 가는 무거운 손가락들
군화들 거친 숨소리 핏물을 밟으며 돌아가는 새벽
새 한 마리 높게 달린 작은 채광창으로
젖은 눈을 깜박이며 날아가곤 했어

구름은 항구의 울음을 묻어주었지
참혹으로부터 바람은 붉게 젖었지

목마른 손톱들이 위험하게 빛날 때

어린 목소리는 분홍의 보호색을 부르며
적막한 눈을 다시 감았어

* 스마랑 항구: 인도네시아 자바섬의 요충지.

덕혜옹주, 어둠이 어둠을 만질 때

관절마다 쌓인 달빛에 칼 내리면
바람노 텅텅 울며 지나가는 수강재 뜰

가슴 아픈 시대를 온몸으로 살다
달 속에 스며든 마지막 공주

손바닥만 한 뜨락도 가질 수 없어
낙선재 매화밭을 향해 몸 열어놓고
그리움 덧칠한 동공, 짓무르지 않은 날이 없다

그녀가 사지를 향해 떠날 때
별들도 빛을 감추었다

자신을 피워낼 수 없던 고요한 새벽녘
이생의 눈물 서쪽으로 소복이 쌓인다

적의 피로 동화될 수 없었던 어떤 날들은
연못 속의 수양벚꽃에게 길을 묻는다

이 땅의 고통을 온몸으로 살아낸 수많은 날들이

가시연꽃처럼 환하게 피었다 질 때

죽어 우는 소리가 무릎에 내린다

파란 집(Casa Azul)[*]

큰 물결이 밀려오는 파란의 방에서
나는 텅 빈 채로 당신을 배웅합니다

손을 흔들지 않는 작별은 길을 잃은 일
비좁은 방에서도 자주 길을 잃으면서
천천히 늙어갑니다

피 흘리는 벽과 우울한 서랍을 열면
사랑에 빠진 디에고를 자식처럼 가슴에 품고 있는
코요아칸의 도둑맞은 얼굴들이 스쳐가겠지요
당신의 아이는 저녁 이슬로 오고 있는데
낮은 바람이 풀 냄새를 몰고 오는 밤
비의 이파리들이 찰랑찰랑 울고 있는 잔디밭에서
더 이상 젖을 곳이 없는 우리는 등을 기대고 앉아
두근거리는 심장 소리를 풀어놓았지요

아픈 속살을 보여주던 자화상 속 당신과
슬픈 저녁을 나눠 마시며 취해갈 때
우리들 사이로 파란의 기미가 엿보였어요

파랑의 아름다움을 관람객들에게 흘려보내고
텅 빈 모습으로
이제 곧 파란 집으로 돌아가겠지요

당신의 신발이 사라진 빈집에서
나의 디에고 무늬를 그리면서

* 파란 집: 멕시코시티 외곽 코요아칸에 있는 프리다 칼로가 살았던 집.

유리멧새

이름이 깨어지면 어쩌나
유리를 지는 빛에 금이 가면 어쩌나

깃털 바람에도 부서질 것 같은
유리멧새가 숲으로 오는 길을 잃어버리고
소실점 밖으로 사라졌어요
옛날엔 창자를 끊어 리라를 만들었다지요
창자로 된 현을 긁어내는 울음소리
동굴에서 스타카토로 들려왔어요
호수의 물결을 쓰다듬던 바람이
어깨를 두드리며 전해주었어요
그리스 신화에서 물방울 파랑새를 분양한대요
샘물 곁 무성한 가지로 담장을 넘기 위해
늙지 않은 나무 한 그루 사러 갔지요

대지의 속살이 흘러넘치는 은하수에는
반쪽짜리 신들이 흩어놓은 의문 부호가 가득했어요
그 불친절한 그물에 걸리지 않도록
높이 나는 새가 되기로 했어요
쉽게 모습을 드러내지 않는 유리멧새의

맑은 얼굴을 드로잉하며
자유롭고 생생한 근육의 힘으로
그들만의 경계를 뚫고
움직여 나가기로 했어요

어느 흐린 날의 Lamentoso

눈물샘을 찢으며 불어오는 명지바람
까치발로 잘그락거리며 온다
한 번도 들어본 적 없는 물별들 울음소리
사월이 바다의 눈물을 베껴 물 무덤을 만들던 시간
열일곱의 비명이 급격히 젖어든다
침묵을 베고 너는 누워 있고
생목으로 조문한다

나는 바람에게 언제쯤
이 슬픔에서 걸어 나갈 수 있는지 물어보았다

북쪽으로 튕겨 나간 이름은
성이 바뀌어 하얀 봉투로 나부낀다
한없이 무거운 사월의 뼈들이 늘어지고 있다
꽃을 갉아먹으며 커지는 연두의 눈망울
하얀 머그잔에 넘치는 검은 아메리카노는
수몰 정원에서 옮겨온 것
습지를 좋아하는 봄의 뿌리는 눈물샘을 찌르고
뱃머리에서 눈물을 퍼 올린 봄은
제 몸을 한껏 부풀려 사월을 한입에 삼켜버렸다

나는 아직도 슬픔의 급소 같은 이름을
조간신문에서 찾지 못했다

어그부츠에 대한 짧은 단상

개나리꽃처럼 노란 아이가
어그부츠만 남겨두고 사라졌다

데메테르* 여신이 봄을 풀어내는 계절이면, 너는
어그부츠 속에 들어가 바이올렛 꽃망울을 피워 올리고
보무라지처럼 소스락거리며 이명으로 오겠지
달팽이관을 장악하던 첼로 소리
언 사과처럼 심장을 통과하는 너는
응달이 아니라 어그부츠가 작아진 것
바다 어디엔가 네 발을 두고 온 것이다

이제 무반주 연주는 그만하자
봄의 절반은 눈물이란다

어린 왕자가 소혹성에 커튼을 치는 10시, 너는
별비가 되어 어그부츠의 쪽문을 열고 들어와
잠은 잘 자느냐고 묻지
새벽이 해를 떨구고 가는 아침이면
심장을 옮겨와 어그부츠를 뒤지고 털어본다
언제 다시 오겠다는 쪽지 한 장 없이

희붐하게 날이 밝아온다

* 데메테르: 그리스 로마 신화에 등장하는 곡식의 여신.

봄이 슬픔을 켜는 동안

신이 인간의 몸속에 숨겨놓았다는 행복은
왼쪽 갈비뼈 사이에 끼어 숨조차 쉬지 못하고
신이 여자에게 슬픔을 재능으로 주었다는
한 페이지를 염려한다

해안선 가까이 발을 포개고 울다 간
새의 발자국이 선명하다
가슴을 되돌아 올라오는 조수간만이 팔을 벌린다
젖은 모래 속에 발을 묻는다

열일곱의 심장을 나누어 먹고도 여전히
파도 소리 왁자한 바다
바람의 갈피마다 먹구름이 끼어 있다

누구도 모르는 어두운 비밀 창고
햇빛도 다가갈 수 없는 그곳에서
신에게 묻는 질문이
처절한 메아리가 된다

잠깐 집 떠나기 전날의 싱싱했던 목소리가

울음의 파도를 건너간다
하루만 살아 돌아와 달라는 부름에
바다는 돌아앉아 귀를 접었다

달 뜨는 바다,
물고기의 입김으로 말라간다

꽃뱀을 수소문하고 보니

늦잠에서 깨어난 뱀
벚나무 앞마당 새로운 연애사를 쓰나
휘파람 술술 불며 턱관절이 빠져라 웃어댄다

벚꽃 하얀 브래지어 터질 듯
잎겨드랑이에 매달려 산방을 이루고 있는 봄날

하얀 젖가슴을 탐해도 자갈색 법망에
걸리지 않는다는 전언을 받은 비단뱀

갑갑한 코르셋에서 벗어나
하얀 속살을 나누어주지 않으련

경대 앞에 앉아 립스틱 홀릭을 탐미하던
장미과 미스 벚
잔 톱니를 곁에 두고 불콰한 얼굴로

나는 조선의 황사皇蛇니라

계절이 끝나기 전 비 한주먹에 후두둑

흩어진 봄날이 소리 없이 흐를 때
말할 수 없는 바닥이 될 때

간통의 계절은 불온한 소식이다

렛 잇 고

그가 걸어오는 길은
유리 위에 나 있어요
길이 흔들리는가요
내려온 구름이 멀미를 하네요

검지에서 태어나는 눈의 모듈
나이프로 젯소를 발라 어둠을 덮는
손가락이 떨고 있어요

해바라기 밭에서 울던
동고비의 노란 비명을 읽으며
고흐를 짝사랑한 심장이 노랗게 굳어가는 걸 보았죠
어디서 굴러온 물방울일까요
그 속에 눈물이 방울방울 터지며
엉성하게 지른 한 자락의 빗장
짧은 영화를 각색하는 그의 시간은
하이퍼 우주 속으로 통하죠

결별의 강을 건너는 구부정한 눈을 보아버렸어요
두 귀를 열어야 가까워지는 거리

빗방울이 톡톡 간주를 넣으며 사라지고 있어요

느리게 The End

빨간색 공중전화로 불러볼까

노량진 골목에는
잡힐 듯 그리운 빨간 여우가 살았어

먼 곳에
바람으로 사라진 작은 다리를 가진
달빛에 흔들리던 작은 여우

슈베르트의 홍수가 넘쳐흐르는 저녁이면
천천히 지워져가는 발걸음을 돌려
차르륵 차르륵 수신인 없는 숫자를 돌렸지

용수철을 타고 살아난 모딜리아니
목이 긴 여자의 귀에 산체스의 아이들을 넣어주곤 했어
악의 꽃이 피어나던 통유리 오두막에서
노란 빗물을 마시며 너에게 엽서를 쓰곤 했지

탄생하는 단어보다
장례를 치르는 문장이 많았던
그곳에서 까무룩 잠이 들던 빨간 여우는
작은 여우에게 밀려나 먼 지구별로 떠났어

수만 개의 동전으로 닿을 수 없는
완성되지 못한 이야기는 아득한 전설이 되고
퉁퉁 부은 손가락으로
빨간 여우를 부른다

나의 두 어둠에 당신의 눈을 심을 때

처음부터 컴컴한 동굴이었어
연못 속의 수초 잎이 어떻게 흔들리는지 이해할 수 없는
세상은 언제나 밤이 오고
밤길을 걷는 시간이 놓여 있고

한 통의 손편지가 도착했어
내가 눈을 뜨는 사이
당신은 내 눈에 당신을 두고 사라졌으므로
두 눈에 피는 백합이 자주 흔들려
햇살과 바람이 손을 잡고
빈 들을 채워가는 풍경을 보게 되었어

손으로만 만져보던 세계는
가장 먼 길
눈으로 다가오는 세상은 그늘을 안고

눈을 뜬 내가
눈을 감은 당신을
꿈속에서 자주 만나
부서진 당신의 얼굴을 어루만지며

나의 두 어둠에 당신의 눈을 심을 때
나는 뜨거운 기도 속에서 눈을 감는다

살구는 여름의 영혼

살구를 먹으면
부르르 떨리는 한 그루 나무가
내 속에 있다는 것을 알게 된다.
입안이 홍건해지는 날들이
여름의 문 뒤에서 주먹을 쥐고 있다는 걸 알게 된다

내 속을 흔들고 싶다면
설익은 살구를 먹어보면 된다.
입안을 새콤하게 울리는 말들은
우리가 서로 신맛에 끌리는 비밀이라는 것.
내일은 단맛으로 돌아설 살구가
잠꼬대로 툭툭 떨어진다.

시큰거리는 여름의 영혼
기껏, 끝까지 익었다는 것이
노란 색깔에서 멈췄을 때
영혼들이란 가끔
어떤 맛으로 들어오거나, 또는 들어가서
부르르 진저리를 칠 때가 있다.

살구의 색깔은 지표색.

살구를 먹고 부르르 나를 흔들면

담장을 넘어온 살구들이 떨어진다.

살구 속에서는 첨벙거리는 물놀이가 한창이다.

입속으로 신맛이 지나가는 아이들

늙어서는 못 먹는 맛

명랑한 우물 같은 맛.

사람들이 잠든 깊은 밤

멍든 살구들이 툭툭 떨어진다.

스콜

갑자기 일어나는 오늘의 파도는
소나기를 한 무디기 풀어놓는다

무릎을 세운 뼈들이
근심스레 멀리 바다를 끌어들이고 있다
그림처럼 떠 있는 군함은 무슨 일을 꾸미고 있는 걸까
비의 가슴을 밟으며 물길을 미는 민낯의 발
해안선을 따라 나는 자주 구부러진다

매일 사라지는 사람들
사라지는 것들의 색은 모래들만이 아는 비밀
말더듬이 모래알 습관처럼 입술을 닫는다

누군가의 신발이 놓여 있는 해변에서
누군가의 이마는 평생 이 비를 맞으며 늙어가겠지

빗속의 비,
하늘로 올라 울음을 벗어버리고
더러는 흙구름이 되어
기우뚱 달을 감싼다

무수한 발자국들 모래를 밟고 간다
갑자기 비 쏟아진다

제4부 자결한 연두의 유서를 들고

눈을 접지르다

북극에서 온 물로 샤워를 하고
윙크를 전송하러 우체국에 가는 길
먹구름이 내려온 혼잡한 사거리에서
섬찟 몸을 떨며 서 있는 검은 연기를 보고 얼음이 되었다
불길이 솟는 자동차를 아무렇지도 않게 찰칵찰칵
죽음을 전송하는 손가락들을 보았다
격렬한 통증이 눈을 쓸고 간다
그을린 거리를 넘어진 눈으로 돌아가며
사랑의 틈새를 찾지 못한 거리에 구역질을 했다
검은 망토를 입고 떠난 그 사람은
새털구름이 되었을 거라는 추측은 아둔하고
아스팔트 위에 누워 있을 뼈를 염려한다
바람의 눈물 속 소금 같은 것들이 얼룩진
흐릿한 초상화 한 장
급히 안녕

Adieu Rimbaud

시인의 세 번째 눈 압생트* 잔으로 그가 불시착한다
이명으로 오는 그는 불량하다
새벽마다 찢어지는 가슴을 봉합하기 위해
태양을 향해 떠났던 미래의 목소리
냉소적인 미소로 모든 것을 아는 체하며 온다
낡은 외투를 입고 누렇게 뜬 얼굴이 바삭거린다
그와 보낸 오래된 침묵의 한철
내 심장을 쫄깃하게 하던 눈물 속 애수 같은 것들이
우리가 얼마나 뜨거웠는지를 말해준다
그의 온도는 에티오피아의 정오다

너는 왜 그리 차가워졌는지

고개를 갸우뚱거리며 손을 끌고 간다
검은 숲에 걸린 비문非文의 가슴은 움직이지 않는다
마시는 고뇌**는 없다며 초록색 안개 속으로 떠난
천둥 비의 얼굴을 넘기는 나는 이제 더 이상
사슴의 울음소리를 듣지 못한다
나는 이미 헐어버렸고 눈은 비만이 되었다
아듀 랭보

* 압생트: 19C 프랑스에서 예술가들이 즐겨 마시던 초록색의 술.

** 마시는 고뇌: 랭보의 시「눈물」에서 가져옴.

인
사 랭 보
동

몰아치듯 경중한 걸음걸이 낯익다
무엇을 씨야 힐지를 아는 듯한 뒷모습이다
어떻게 써야 할지를 묻는 발걸음 몽환적이다

태양과 섞인 바다, 영원을 찾아 떠난 그가
한 권의 몸이 되어 인사동에 나타났다

한가로운 청춘들을 불러들이는 또옹* 카페에 앉아
천사의 날개를 불경스럽게 훔쳐보고 있다
당나귀 귀를 들추어보며 모자 속의 두 귀를 쫑긋거린다

무수한 질문을 손바닥으로 가리며
느긋하게 입가에 고인 침을 닦아낸다
불현듯, 지퍼를 내리고
카페의 탁자에 오줌을 갈기며

사과나무는 혼자 키우는 거야,
치명적인 독백이다

나는 오늘 인사동에서 한 권의 비밀을 만났다

* 또옹: 인사동 쌈지길에 있는 카페.

또 다른 세계의 방

어두울 암暗,
보르는 실 안에 그녀가 갇혀 있다

수직으로 떨어지는 눈물이 다시
링거 줄을 타고 올라가
불면의 나무가 자라는 방

어쩔 수 없는 슬픔의 방에 들어가면
두고 가야 할 체온들이 그늘 깊게 여위어간다
그믐달처럼 어둡고 짙은 두려움이
한 계절을 휘어 감고

희박하게 끊어지는 목소리
비의 울음을 닮아간다
얼마 남지 않은 그녀의 잿빛 시곗줄은 헐거워지고
어깨너머로 죽은 말들이
행성을 향해 사라진다

물컥물컥 죽음의 그림자가 지나간다

그림자를 입다

아버지는 마지막 숨을 거두기 전
그림자를 벗어 아들의 옷장에 걸어두었다
아버지처럼 살지 않겠다며 장롱 문에 못질을 했지만
아들을 결혼시키며 아버지의 미소를 훔치고
딸을 시집보내며 아버지의 외로운 등처럼 울었다
술 한잔 걸치는 날에는 골목 끝까지
누군가의 춤을 흉내 내며 그리움을 흘렸다
아무것도 없는 빈 필름처럼
공허가 효소처럼 부풀고
이 땅에 더 이상 봄은 없다며 하늘 숲으로 떠난 형
소의 서러운 눈망울을 닮은 그를 보내던 날
장롱 안에 걸어두었던 아버지의 그림자를 꺼내 입었다
꿈틀, 죽음의 냄새가 지나가는 13호실에
아버지의 그림자를 입은 사촌들이 둘러앉아 소주잔을 돌
린다
할머니의 허리를 빌려온 고모의 꼬부라진 목소리

씨도둑질은 못 혀
죽은 동생이 살아온 것 같네그려

가위 바위 보

가위가 모르게 주먹을 내려는 순간
보자기에서 꽃이 핀다.

이렇게 명징한 승부가 있을까
승부를 가늠하기 어려운 것들일수록
규칙은 간단해진다.

안 내면 지는 것이다.

가위와 보자기와 주먹은
평화조약의 한 구절

주먹이 오고 가위가 가고
다시 보자기가 펄럭이다 보면
무효들이 겹친다.
이렇게 간단한 논쟁이 있을 수 있을까

같은 주먹을 내고 쉬어간
나이들이 있을 것 같다

심판관 구름도 쉬어가는 정오
가위에 진 이팝나무는 꽃을 조금 피우고
보자기에 이긴 왕벚꽃나무는
겨드랑이가 찢어질 듯
무겁게 꽃을 피운다.

몸속을 돌아다니는 순서들
가위를 지우고 계단을 오르는 햇살 한 주먹
개인의 착각으로 가위 바위 보
따로 또 같이 가위 바위 보

주먹에서 꽃들이 피고
가위가 지나가는 가지마다
새순이 돋는다.

우리들의 그분은 안녕하신가

지랄 같은 세상이다
기적을 믿고 살기엔 너무 매몰찬 삶이다
스무 살 창밖으로 먹구름이 지나간다

송수경은 아르바이트 한 99만 원으로 잊혀져 가는 이름 황승원을 세상에 알리고 싶어 자선단체에 후원을 했다 남은 일만 원은 사람들의 관심으로 채워보고 싶었다

황승원은 전역한 지 두 달 만에 대학 등록금을 벌기 위해 지하 냉동 창고에서 아르바이트를 하다 가스에 질식되어 대한민국에서 사산되었다 어르신이 뱉어놓은 눅진눅진한 공약의 표정은 복충적이며 무관심하다

청춘들이 졸업에 닿기 위해 위험한 아르바이트를 하다 생명을 잃고 있다 공부할수록 가난해지는 우리의 청춘들 아프기만 하면 되는데 짐작한 바 없는 강을 건너가 돌아오지 않는다

가난한 청춘들의 심장을 뛰게 해줄
반값 등록금은 언제 오려나

쥐똥나무의 장애

여기는 지구별 여기는 지구별
쥐똥나무는 응답하라

수시로 부서지는 수많은 창문을 달고
아들은 신호를 보낸다

하얀 머리칼로 하늘을 떠받친 쥐똥나무의 운명

셀 수 없는 계단을
알아들을 수 없는 언어를 해독하려는
쥐똥나무처럼 살아왔다

낮은 포복으로 기어가는 가시밭길
잠언으로도 구할 수 없는 장애를 안고
허공에 도착한다

어떤 날은 시린 부정이 한가득 모여
극한의 고통을 누르며 도돌이표처럼
반복되는 삶이 골목을 서성일 때

하루만, 더 살아야지
너보다

지하철 2호선, 흐림

남자는 지하철 출입문에 기대어
덜컹덜컹 졸고 있나
어둠을 지나는 중이니까
아직, 캄캄한 밤을 달리는 중이니까.
밤새 마신 취기는
잠 밖에 두고 있는지
잠의 냄새가 온몸에서 풍긴다.
지난밤엔 너무 많은 직설을 낭비했다.
직설이 사라진 몸은 비틀거렸다.
남자의 골목은 오늘 하루 쉬는 날이고
골목 끝을 서성이던
그 어떤 손도 염려하지 않는다
자동문이 열릴 때마다 경고음이
남자를 흔들어 깨우지만
끝없이 순환을 도는 노선 어디도
아직은 아침이 아니다
지각이란 얼마나 희망적인 말인가
기다려주는 정시定時가 있다는 것.
다행히 남자는 어느 환승역쯤에서
꿈에서 깨어난 듯 뛰쳐나갔다.

다시 닫히는 문
그 사이로 흐린 물빛이 저마다의 지각과
정시를 향해 환승하고 있다.

어머니의 비밀번호

검은 별들이 와르르 눈 속으로 무너진다고
당신은 전화를 해왔지

6시 37분, 붉은 노을이 귀로 쏟아진다

당신은 비 온 뒤에 하늘에 뜬 무지개
우리의 세계가 무지개를 지우는 어둠으로
가득 찰 때

비만해진 종양이 둥지를 틀었다고
당신은 전화를 해왔지

투명한 목소리에 실금처럼 틈이 생기고
검지 손끝에 눈물을 모아 종양을 해독한다

병을 깨닫는 것은
당신의 세계를 여는 암호를 푸는 것

세상을 열어주던 일곱 개의 별들이
삼지창을 들고 암호를 대라고 아우성이네

집게손가락 지문 안에 담겨 있던
가족들의 웃음소리는 창백해지고

일곱 개의 별을 누르면 당신이 열린다

사라진 도시들

도시의 겨드랑이에서
새 한 마리 흰 연기처럼 날아갔다.
차창을 타고 방문했던
온갖 요양의 날들

도시는 검정색 눈꺼풀을 닫고
우리는 검은 상복을 입고 도시를 배웅했다.

우리의 도시들은 터미널에서 공회전 중이었다.
아무런 연계가 없는 도시들에
아는 얼굴 하나 데려다 놓거나
아픈 혈육 하나 데려다 놓으면
반가운 도시이거나 불안한 도시가 된다.
그러다 아는 얼굴이 모르는 얼굴이 되고
아픈 혈육이 사라지고 나면
노선들은 터미널 배차 시간표에서,
방문지에서 사라진다.

불 꺼진 생명초는 줄기를 설치하고
여름을 늘려가겠지만

내가 다 읽지 못한 포도나무 가지는
두 팔을 내리고 우거진다.
앰뷸런스에 실려가면서도 놓지 않았던 꽃삽은
어떤 지번地番을 파고 있고
도시 바깥에 남겨진 회상의 날들
걱정스러웠던 도시,
우울한 차장에 기대던 도시가 영영 사라져버린다.

죽은 사람을 따라가는 도시들
죽은 사람들의 도시가 된다.

향항

연두를 엎어버린 홍콩은
철근들을 심기 시작했다
철근들은 수직으로 서서 밀집을 키우고
소음들마다 비좁은 창문을 냈다
직선에 몰두하기 시작했다
야경처럼 외로운 창문들
연두들은 다 어느 불빛 속으로 시들었나
사람들은 점점 유리창 나비가 되어갔다
청명한 하늘은 일조권을 빼앗기고
창문들은 사생활을 응시하고
간혹 산책을 떠난 창문들은
자결한 연두의 유서를 들고
오래된 골목을 서성이다
철근의 뼈를 애도한다
빌딩들은 일란성 쌍둥이를 낳아
어둑한 그늘로 버리고
주먹을 불끈 쥐며 향항*의 민낯을 덮는
구름의 콧등이 시큰하다
빨간 우체통이 있는 초록의 전원주택으로
근심이 빠른우편으로 배달되고

가늘고 자주 꺾여지는 길들을 피해
사람들은 지하철을 타고 간다
립스틱처럼 붉은 서쪽 하늘이
빌딩의 허무에 닿는다
찡그린 구석을 낡은 구두가 걸어간다

* 향항: 홍콩의 대륙어.

스무 살의 농담

멀리 뒤처져 있는 열여섯,
스무 살 멀리 내다 버리고 싶어
애기누운주름꽃에게 도움을 청했지

스무 살의 농담들은 왜 꽃의 도감에 없는 걸까
왜 꽃말이 없는 걸까.

심란한 꽃들이 좋아하는 가위손
냉담자로 분류된 과거형들은
웃자란 창밖에서 살아나고 있었지

꽃무늬를 입어도
헌신하는 나비가 없는 저녁
주름은 얼굴 안쪽이
더 깊은 안쪽으로 숨은 흔적이래.

거울들마다 지루하다고 눈을 감고 있잖니
거울은 주름이 생기는 순간
산산이 깨지고 마는 것을 아니?
그러니 살짝, 투명하게 가지를 칠 거야

분홍색 꽃마다 살이 오를 거야

늙은 피부 아래서 누워 잠자던 분홍
떨어지는 데도 흥정이 필요한 거니?
주름은 맞춤법도 무시한다는데,
미묘한 주름은 사물함에 넣어두고
파란 나비와 재회를 꿈꾸렴.

주름은 까마득한 스무 살을 알고 있어
꽃의 온도들은 복잡해지고
가위들은 호호 웃으며 싹둑,
눈웃음을 자르지.

마음과 눈 사이의 남자

눈이 쏟아지고
눈이 허물어지고
눈이 녹고

차도를 한 남자가 걷는다
위태로운 자세로 등짐을 무겁게 지고
하얀 눈발이 날리는 거리를 걷는다
빵빵거리는 건 저 너머 세상의 일
눈과 눈이 만나 폭설을 이룬 도시에서
귀를 막고 눈을 막은 모르는 남자가
눈에 스며들어 녹아내리고 있다
먼 곳으로 가는 남자 등이 젖고 있다

구름의 그늘이 떨어지며
눈의 우울도 깊어진다
저녁의 근심이 도로를 가둘 때
남자의 슬픔이 함박눈으로 내린다

자동차들이 느리게 간다
경계가 없어진 차도에서

눈발에 얼굴을 묻고 울던 그 남자는
눈물을 밀고 지나간다

누구에게도 말하지 못한 고백처럼
눈이 내린다

벚나무 그늘

그늘의 어둠과 두려움을 파낸다
별빛과 네가 읽던 소설 몇 권과 음악을 모아 달빛 정원
벚꽃 나무 아래 묻는다

해의 마음이 닿지 않는 그곳에
깊게 묻어놓은 슬픔이 있다

너라는 시간
너라는 질문

내 곁에 없는 너를
어떤 그늘로도 읽어낼 수 없다

수척하게 몸져누운 그 하루
아무도 들여다보지 않는다. 이제는

집으로 돌아오는 길을 잃어버렸을 거라는 추측은
네가 읽다 멈춘 오두막*의 24페이지

달빛이 푸른 흉터를 밀고 가다

멈춘 곳에 벗나무 그늘이 깊다

이미 목이 쉬어 잠겨버린 서재에서
오두막을 읽는다

* 오두막: 윌리엄 폴 영의 소설.

뒤란

누구에게나 있는
방랑의 안쪽, 밀리고 밀려 모래만 가득한 곳
그곳을 뒤란이라 부른다

입술 밖으로 굴러 나오지 않을래
슬쩍 비를 피하던 곳
젖은 음표의 비음 섞인 곳

사춘기를 같이 보낸 카프카의 젖은 목소리가
아직도 그곳에서 중얼거리는
입술의 뚜껑을 열면
우르르 쏟아지는 목 잘린 음표들

마음의 바깥으로 나가는 길은 좁기만 하고
생명 있는 것들을 위해 선택받은
오선지 속 음표들 성형을 하고
교만한 눈빛으로 걸어간 길

노란 머리들 확! 추락한다

물레를 잣던 간디의 손바닥이 뜨겁다

가깝고도 먼 뒤쪽에서

누군가 한참을 울다 간다

디스토피아를 대안 우주로 바꾸는 힘
—연명지 시인의 시세계

이병철(시인, 문학평론가)

1. 죽음의 새로운 수사학

우리는 살면서 죽고, 죽으면서 산다. 지금 이 순간에도 존재는 쉬지 않고 소멸되는 중이다. 1초마다 지구에 사는 사람 5명꼴로 죽는다. 죽음은 일상의 한 부분이지만, 그것을 일상적 감정으로 마주하는 일은 어렵다. 애써 외면하거나 생각 자체를 유예시킨다. 죽음은 금기이자 누설하면 안 되는 비밀로 우리 일생 동안 내면의 지하실에 감춰진다. 그런데 연명지는 서슴없이 지하 계단을 내려가 검은 상자에 가두어놓은 죽음을 꺼내 환한 빛 가운데로 부려놓는다.

연명지의 시선은 끊임없이 '죽음'을 향해 있다. 가족의 죽음, 이웃의 죽음, 역사적 인물의 죽음에다 활달한 수사로 이미지를 입힌다. 그녀는 하나의 관념이자 고루한 풍경인 '죽음'이 새로운 시적 오브제(object)로 인식될 수 있도록 '아름다움'이라는 가능성을 부여하고 있다. 죽음의 모습을 전혀 새롭게 재창조해 내는 것인데, 여기에는 죽음을 삶에 포괄된 일부로 여기는 태도, 자연의 질서가 내면화된 성숙한 세계 인식이 있다. 이 땅에서의 주어진 삶을 최선을 다해 살고, 죽음의 외적 현상일 뿐인 부재와 소멸을 두려워하지 않는 의연함이 연명지의 시세계를 지탱하는 힘이다.

어머니가 돌아가시고 생명보험 수급을 신청했다.

동생이 들고 온 증서에는 동백꽃 한 송이, 어머니 이름 옆에 꽃물 번져 있었다. 손가락으로 문질러 보았다. 붉은 사월이 지나간 자리 홑잎으로 날리다 만 이름 하나 번져 내 손가락 끝에 묻어왔다.

수급 신청란에 내 이름을 찍었다. 이름은 싱싱한 핏기로 둥근 도장의 원을 넘쳐 겹쳐진 꽃송이처럼 접힌 두 생 사이에 묻기까지 했다.

손에 묻은 이름을 천천히 휴지로 닦아내었다.

엄마는 아픈 이름을 오래 사용한 듯, 봄이라 여긴 곳마다 꾹꾹 찍어놓고 갔다. 뒤늦은 꽃소식처럼 이곳저곳에서 엄마 이름이 자꾸 날아온다.

엄마가 찍어놓고 간 이름의 온기로 한겨울 같은 봄을 견
뎌야 하겠지만 왜 낭떠러지 끝 같은 곳마다 붉은 꽃 찍어놓
고 갔을까. 발밑은 아득해서 어떤 꽃잎은 땅에 닿기까지 몇
년은 걸릴 것 같은데

봄날은 간다, 즐겨 부르던 엄마의 연분홍 치마풍으로 바
람이 또 분다.
—「손에 묻은 이름」 전문

어머니의 죽음이라는 비극 이후, 어쨌든 남은 가족들의
삶은 계속된다. '생명보험 수급'은 어머니의 죽음을 통해서
만 얻을 수 있는 풍요라는 점에서 역설적이다. '어머니'는
죽음 이후에도 '생명보험'을 통해 자식들을 부양한다. 생명
보험에 가입하는 것은 어쩌면 죽음의 예행연습일지도 모른
다. 생전 어머니는 당신이 죽어 자식들만 남겨지는 상황을
머릿속으로 숱하게 시뮬레이션 했을 것이다. 죽음이 가까
이 와 있으면 두렵고 피하고 싶기 마련인데, 어머니는 자신
의 소멸로서의 죽음은 별로 겁내지 않았던 것 같다. 죽음이
임박한 순간에도 그저 남겨질 자식들 걱정뿐이었으리라.
덕분에 화자는 "엄마가 찍어놓고 간 이름의 온기로 한겨울
같은 봄을 견"딜 수 있게 되었다.
어머니가 생명보험 증서에 찍어놓은 도장 자국을 연명지
는 "동백꽃 한 송이"로 보았다. 꽃이 피는 계절만 되면 "봄
날은 간다, 즐겨 부르던 엄마의 연분홍 치마풍으로 바람이

또" 불어올 것이다. 계절의 반복이라는 자연 섭리 안에서 삶과 죽음 역시 순환한다. 어머니가 그 질서의 일부로 편입된 것을 담담하게 받아들이며, 시인은 개화와 낙화를 반복하는 꽃 한 송이로 어머니의 죽음을 이미지화하고 있다. 죽음은 무채색 비극이지만, 시인의 내면 풍경을 거쳐 시적 이미지로 발화되는 순간 "붉은 꽃" 같은 아름다움으로 전환된다. 죽음의 순간까지도, 죽어서도 자식을 향한 사랑을 멈추지 않는 모성이야말로 소멸을 두려워하지 않는 인간의 위엄이다.

늘그막의 엄마는 온통 압통점이어서
생의 눈꺼풀 위 묵직한 바위 하나 올려놓았다.
당신의 뼈 아래서 놀던 우리를 남겨두고
마지막으로 잡았던 손들
하나도 데려가지 않고 혼자 갔다.

무언가 두고 갈 것이 있다는 걸
기뻐하라는 글을 남긴 어떤 이는
새의 눈물을 흘렸고
어미 앞에 죄인인 새끼들은 눈물을 꾹꾹 숨겼다.
누구도 눈물을 찾지 못하도록
바삐 숨겼다
누군가를 가슴에 묻어본 사람들은
눈물을 열고 잠그는 방법을 안다.

잘 울어야 한다는 교리가 있는 것도 아닌데
처음 본 입술은 깔깔 울었다.

엄마의 흔적은 사흘 만에
바람으로 불려갔고
살아서는 방에만 있던 엄마는
이팝나무 가지에, 바람 속에 숨어 있다.

새끼들 손가락에 피가 나면
얼른 오징어 뼈를 들고 나타날 것만 같은
엄마는, 죽어서도 엄마
그 엄마라는 말로 여전히 우리를 다독인다.

　　　　　　　　　　　　　　―「빈방에 부는 바람」 부분

　이 시가 「손에 묻은 이름」보다 먼저 쓰였을 것이다. 어머니의 죽음이라는 특별한 사건을 시간 순서대로 구성해보면, 사흘간 치르는 장례 후에 생명보험 수급과 사망신고서 작성 등의 행정적 절차가 이루어지기 때문이다. 「빈방에 부는 바람」은 죽음 이후에도 끊임없이 '우리' 삶에 살뜰히 개입하는 '어머니'의 존재감을 고백하는 시다.
　연명지는 이 시에서도 '죽음'을 소멸이나 부재라는 외적 현상으로만 바라보지 않는다. "마지막으로 잡았던 손들/ 하나도 데려가지 않고 혼자 갔다"라든가 "엄마의 흔적은 사흘 만에/ 바람으로 불려갔고" 등의 진술을 보면, 시인은 죽음을 이 세계가 아닌 다른 어딘가로 이동하는 통로로 여기는 듯하다. "엄마는, 죽어서도 엄마/ 그 엄마라는 말로 여전히 우리를 다독인다"고 화자가 이야기할 때, 어머니는 부재의 형식으로 '여전히' 어딘가에 존재한다.

로버트 란자가 주장한 바이오센트리즘에 따르면, 수많은 우주가 있고, 지금 이곳에서 일어나는 일들이 다른 우주에서 동시다발적으로 일어날 수 있다. 사람이 육체적 죽음을 맞이한 후에도 두뇌에는 20와트의 에너지가 남게 되는데, 그 에너지가 다른 우주로 이동할 수 있다고 바이오센트리즘은 이야기한다. 아인슈타인이 친구의 부음을 듣고는 "나보다 조금 앞서 이 이상한 세계에서 떠났다"고 말한 것도 같은 맥락으로 이해된다. 시인의 시선이 향하는 곳은 "이팝나무 가지"와 "바람 속"이다. 어머니는 그 존재 자체가 완전히 소멸된 것이 아니라 존재의 거처를 이 가시적 세계에서 비가시적 세계, 즉 다른 우주로 옮긴 것뿐이다.

연명지가 '죽음'을 다른 우주로의 이동으로 해석하는 데에는 삶이 죽음보다 나을 것 없다는 현실 비관주의적 태도도 포함되어 있다. 그녀의 시에서 죽음을 맞이하는 사람들은 대체로 극심한 고통에 놓여 있다가 죽음을 통해 거기서 해방되는 양상을 보인다. 현실에의 비관은 죽음을 긍정하는 동력이 되기도 한다. 시인의 세계인식에 '죽음은 고통의 끝'이라는 불교적 명제가 내면화되어 있는 듯하다.

비좁은 방에서도 자주 길을 잃으면서

천천히 늙어갑니다

—「파란 집(Casa Azul)」 부분

이 땅의 고통을 온몸으로 살아낸 수많은 날들이
가시연꽃처럼 환하게 피었다 질 때

—「덕혜옹주, 어둠이 어둠을 만질 때」 부분

'카사 아술'은 천재 화가이자 비운의 여인인 프리다 칼로
가 남편 디에고 리베라와 살던 집이다. 선천적 장애, 버스
쇠 난간이 옆구리를 통과해 질을 관통한 교통사고, 그로 인
한 불임, 난봉꾼 남편과의 결혼 생활, 회저병으로 인한 발
가락 절단 등 프리다 칼로의 삶은 온갖 고통으로 점철되었
고, 죽음의 순간 마침내 기나긴 고통에서 벗어나게 된 그녀
는 "이 외출이 행복하기를, 그리고 다시 돌아오지 않기를."
이라는 유언을 남겼다.

조선의 마지막 옹주인 덕혜옹주 역시 비극적 삶을 살다
간 인물이다. 아버지 고종의 죽음 후 일제에 의해 강제적으
로 일본 유학길에 올라 철저히 외로운 성장기를 보냈다. 19
세 나이에 대마도 백작 소 다케유키와 정략결혼했는데, 이
혼과 딸의 실종, 조현병이라는 비참한 몰락으로 종료되었
다. 고국으로 돌아왔을 때에는 정신질환자가 되어 있었다.
이후 창덕궁 낙선재에서 칩거하다 결국 1989년 굴곡과 격
랑의 생을 마감했다.

프리다 칼로와 덕혜옹주 외에도 연명지는 랭보, 고흐 등

사는 게 오히려 고통이었던 역사 속 인물들을 호명하고 있다. 시인은 오늘날을 살아가는 현대인들 역시 역사 속 비운의 인물들처럼 현실에서 고통받고 있으며, 그렇기에 죽음은 고통으로 가득한 이 세상에서 고통 없는 저세상으로 가는 이동 과정이라고 역설한다. 그녀가 보기에 우리가 살아가는 시공간은 "온갖 요양의 날들"이자 "죽은 사람을 따라가는 도시들"(「사라진 도시들」)이다. 그러나 죽음은 "무거운 등짐을 벗어버리"(「찰싹 파티」)는 "또 다른 세계의 방"(「또 다른 세계의 방」)이라는 것이 시인의 견해다.

「혈육들은 대부분 요양 중이다」를 보면, "지루한 병은 자주 발목까지 벗겨져 내"릴 만큼 고통이 일상이 된 생활이 등장한다. "앙상한 일과를 뒤적이며 성호를 긋"거나 "가만히 누워 발가락만 까딱이는 무의식"의 나날들이 '요양'이다. 삶으로 나아가기 위한 몸부림이지만 실은 죽음을 기다리며 준비하는 과정에 가깝다. "죽음이 감기처럼 오는" 요양원에서 '혈육'들은 죽음을 일상 질환인 '감기'마냥 대수롭지 않게 수용한다. 고통으로 가득한 요양의 삶이 죽음보다 결코 낫지 않다고 여기는 까닭이다.

　　　균열의 어둠 사이로 검은 구름 몰려오고
　　　매서운 바람으로 가득한 여기는 숨 막히는 세계

　　　비의 독한 손톱이 내 숨을 베어버렸어요

맨살에 핏빛 고통이 흘러내려요

벽에 걸린 수건을 엄마 품처럼 펼치면 별빛 너머

그리운 입술을 만날 수 있을까요

죽음이 나를 삼키는 동안

죽음이 나를 괜찮다고 덮어줍니다

—「다음 날 아침」 부분

    계모의 학대에 의해 죽임을 당한 '원영이'를 화자로 한 이 시에서도 연명지는 삶과 죽음에 대한 인간의 보편 인식을 뒤흔든다. 그러면서 우리에게 묻는다. 죽음이 과연 비극이기만 하냐고, 삶보다 나은 죽음도 있지 않느냐고 말이다. 원영이에게 '삶'이란 "독한 손톱이 내 숨을 베어버"려 "맨살에 핏빛 고통이 흘러내"리는, "매서운 바람으로 가득한 숨막히는 세계"였을 것이다. "죽음이 나를 삼키는 동안 죽음이 나를 괜찮다고 덮어"주는 '죽음의 위로'가 가능한 것도 죽음을 통해 삶의 고통이 비로소 종료되기 때문이다. 시인은 죽음을 "별빛 너머/ 그리운 입술을 만날 수 있"는 유토피아로의 회귀 행위로 그리고 있다. '별'에 도달하는 상상의 실현, '그리운 입술'로 상징된 친모와의 조우 등 죽음을 현실의 삶에서는 이룰 수 없는 소망과 이상 성취의 구체적 방법론으로 제시하는 것이다.

2. 디스토피아로부터의 탈주, 상상력 그리고 관계의 재편

고통의 현장이자 이상이 거세된 디스토피아인 '현실 세계'에서 벗어나고자 하는 시인의 욕망은 '죽음'이라는 존재 초월적 현상 외에도 동화와 영화 등 신화적 상상력의 시적 형상화를 통해 표출되고 있다.

"데메테르 여신이 봄을 풀어내는 계절" "어린 왕자가 소혹성에 커튼을 치는 10시"(『어그부츠에 대한 짧은 단상』) 등 신화와 동화의 시공간을 시에 들여놓는다거나 "나는 신데렐라 형님/ 깍두기를 잘 담그지"(『신데렐라 형님』), "스크린도어에 매달린 스파이더맨"(『머나먼 안녕』) 등 상상 속 가공의 인물들을 평범한 일상의 자리로 데려오는 식이다. 이러한 시적 작업에는 "신의 계획된 방주"(『방주』), "렛 잇 고"(『렛 잇 고』), "모닥불과 아이의 울음소리를 먹고 살았다는 전설"(『점말동굴』), "수정구 속의 겨울"(『수정구』)과 같은 환상성의 소재들이 사용되고 있다.

주목할 만한 것은 상상력을 통해 디스토피아인 현실 세계를 재편하려는 시도이다. 연명지는 획일화된 의미 체계, 이미 종료되어 다른 해석 행위를 허용하지 않는 확정적 사고, 인간의 삶은 고통과 역경, 한계적 실존으로 수렴될 수밖에 없다는 운명론 등 이 세계를 불변하는 것으로 '고착화'시키는 '관념'들을 해체하고 새로운 가능성을 부여하고자 한다.

연명지의 세계 재편 작업에서 핵심적인 것은 '대상과 새롭게 관계 맺기'이다. 관계 맺기는 시 쓰기의 본령이자 기율

이라고 할 수 있다. 시인은 본래 사물과 관계 맺는 자, 사물에 이제껏 없었던 낯선 성질과 의미를 부여하는 자, 사물과의 상투적 관계를 뜻밖의 것으로 전환해 감각의 갱신을 꾀하는 자다. 이 세계가 자아와 일대일 대응하는 모든 관계들의 총체라면, 시를 통해 나와 사물 간의 관계를 재설정하는 것은 곧 상투성과 획일성, 일상성에 물든 이 세계를 새롭게 재편하는 행위나 마찬가지다.

　마틴 부버가 "나는 너와의 만남을 통해 내가 된다"고 말한 것은 관계가 자아의 성숙을 이루게 한다는 의미다. 시인은 이 세계의 사물들, 현상들과 끊임없이 관계 맺는 자다. 시 쓰기는 그 관계 맺기의 전 과정이라 할 수 있다. 그런데 이때, 특별한 것과 관계 맺어야 특별한 시를 쓸 수 있다는 착각에 빠지기 쉽다. 그러나 진정 특별한 시는 특별하지 않은 것과 관계 맺을 때 쓰여지는 법이다. 사소하고 일상적인 사물들, 너무 평범해서 눈길을 끌지 않는 풍경들, 소외되어 눈에 잘 띄지 않는 것들을 향해 눈을 돌리고 그들과 새롭게 관계 맺기를 모색할 때 좋은 시가 잉태된다. 일상적 풍경을 시적 풍경으로 전환하는 힘은 바로 관계에 대한, 관계 재편에 대한 열망이다.

　　살구를 먹으면
　　부르르 떨리는 한 그루 나무가
　　내 속에 있다는 것을 알게 된다.
　　입안이 홍건해지는 날들이

여름의 문 뒤에서 주먹을 쥐고 있다는 걸 알게 된다

내 속을 흔들고 싶다면
설익은 살구를 먹어보면 된다.
입안을 새콤하게 울리는 말들은
우리가 서로 신맛에 끌리는 비밀이라는 것.
내일은 단맛으로 돌아설 살구가
잠꼬대로 툭툭 떨어진다.

시큰거리는 여름의 영혼
기껏, 끝까지 익었다는 것이
노란 색깔에서 멈췄을 때
영혼들이란 가끔
어떤 맛으로 들어오거나, 또는 들어가서
부르르 진저리를 칠 때가 있다.

살구의 색깔은 지표색.
살구를 먹고 부르르 나를 흔들면
담장을 넘어온 살구들이 떨어진다.
살구 속에서는 첨벙거리는 물놀이가 한창이다.
입속으로 신맛이 지나가는 아이들
늙어서는 못 먹는 맛
명랑한 우물 같은 맛.

사람들이 잠든 깊은 밤

멍든 살구들이 툭툭 떨어진다.

　　　　　　　　　　─「살구는 여름의 영혼」 전문

　시는 기존의 의미체계를 새롭고 낯선 것으로 재편한다.
확실성으로부터 벗어나 대상의 본질에 대한 규정을 유보하
는 판단유예(epoche)야말로 해석의 다양성을 움트게 하는
전제조건이다. 좋은 시인은 한눈에 파악되는 윤곽이나 상
투적 관념으로 섣불리 대상을 정의하지 않는다. 속단하고
예단하는 자는 결코 뛰어난 시인이 될 수 없다. 사물과 현
상의 보이지 않는 부분, 육안이 아니라 상상의 영역에 속한
비가시적이고 미시적인 세계를 향해 끊임없이 눈을 돌리는
자가 바로 진정한 시인이다. 「살구는 여름의 영혼」은 고정
관념과 획일성, 일상성의 세계와 결별하여 그 어떤 것도 규
정되지 않은 다양성과 불확실성의 세계를 지향하겠다는 다
짐으로 읽힌다.
　연명지의 은유적 잠언은 '살구'와 '나'의 관계, 대상과 주
체의 위치를 다시 설정한다. 시인의 은유 이전 보편적 관념
세계에는 "살구를 먹으면 달다"라든가 "살구를 먹으면 배
부르다" 같은 인과적 논리가 기본값으로 입력되어 있는데,
시인은 "살구를 먹으면/ 부르르 떨리는 한 그루 나무가/ 내
속에 있다"는 독특한 해석을 통해 인간의 일상성을 작동
시키는 '데이터베이스 시스템'에 의도적 오류를 일으킨다.
　'살구'를 먹음으로써 육체적 충족감을 느끼는 섭취 행위의

주체였던 '나'가, 이제는 살구를 '해석'함으로써 살구의 '의미적 다양성'을 촉발시키는 보조적 역할을 하는 것이다. 그때 살구는 단순한 과일이 아닌 "시큰거리는 여름의 영혼"이 되며, 예측 가능한 맛과 촉감, 냄새를 지닌 사물이 아닌 "여름의 문 뒤에서 주먹을 쥐고 있"는 "비밀"이 된다. 살구라는 물체가 지닌 물성이 '영혼', '비밀' 등 비물질적 관념으로 바뀌면서 주체의 의식에 입력된 의미 체계 또한 재편된다. 인과관계와 논리적 타당성이 사라진 세계는 한 번도 발화되지 않은 무수한 시니피에들로 우글거리는 별천지이고, 그곳이 곧 대안 우주(alternative universe)다.

> 호흡이 깊은 우모로
> 그림을 그릴 때는
> 움직여서는 안 되는 것들이 있어야 해
> 가령, 간질간질 사과를 간질이는 빨간 햇살에도
> 사과는 얌전하게 앉아 있지
> 모델은 가끔 햇살 쪽으로 오른뺨을 돌려
> 빨갛게 익은 햇살을 빌려와야 해
> 사과에게 햇살은 빨강
> 빨강은 가끔, 사과를 고쳐 앉으라고 주문하지.

> 사과는 봄과 여름을 번갈아 땋고 양 갈래머리가 길어지는 동안에도 사과는 맨 처음 꽃의 자세로 앉아 있지. 핑그르, 돌고 싶은 날에도 햇살은 사과처럼 앉아 있으라고 했지

멀리 아란섬에서 불어오는

풍향을 받아 적다 보면 사과의 배는 불룩해지고

손거울도 없는 모델은 왼쪽 뺨을 돌려

빨갛게 색의 채도를 높여가지

한 알의 사과로 만족하는 햇살은 없어

꼭지는 자꾸 사적인 생각 쪽으로 떨어지려 하고

봄부터 세잔의 구도構圖에 붙잡힌 사과는

늦가을이 되어서야 술 냄새를 풍길 수 있지

파이프를 문 햇살이 팔짱을 낄 때

누군가 앉아 있는 사과를 뚝, 딸 때

햇살과 별개의 관계가 되겠구나

　　　　　　　　　　　　—「사과처럼 앉아 있어」 전문

　세계의 사물들은 인간들과 일대 다수의 관계를 맺고 있
다. 한 알의 사과를 두고 60억 인구가 '사과'라고 호명한다.
그러므로 사과는 어떻게든 '사과'일 뿐이다. 사과가 얼룩말
이 되거나 증기기관차가 될 수 없다. 연명지는 이러한 '확정
된 의미'의 세계에 균열을 내고자 한다.
　"호흡이 깊은 우모로/ 그림을 그릴 때는/ 움직여서는 안
되는 것들이 있"다는 생각은 사물의 의미를 철저하게 인간
관점에서 구속하려는 태도로부터 비롯된다. 사과가 붉은색
이 아닌 것을 허용할 수 없는, 사과가 둥글지 않은 것을 상

상할 수 없는 인간의 편협함은 익숙한 방식으로만 세계를 보기 위해 사물더러 "고쳐 앉으라고 주문하"거나 "세잔의 구도에 붙잡"아둔다.

그러나 시인은 다르다. 사과에다 "멀리 아란섬에서 불어오는 풍향을 받아 적"으면서 "빨갛게 색의 채도를 높여가"고, 사과가 "봄과 여름을 번갈아 땋고 양 갈래머리가 길어지"는 특별한 광경을 포착해낸다. 사과의 형태나 색채에 집중하는 대신 "늦가을이 되어서야" 풍기는 '술 냄새'와 "자꾸 사적인 생각 쪽으로 떨어지려 하"는 중력에 호기심을 갖는다. 그때 비로소 사과는 60억 인구 공통의 사물이 아닌 오직 '나'만이 전유하는 교감의 대상이 된다. 사과와 나는 "별개의 관계"가 되는 것이다.

연명지의 시는 이 '별개의 관계'에 대한 열망으로 가득하다. 언어에 대한 감각이 발달한 시인일수록 표층언어의 폐쇄성을 심층언어의 확장성으로 바꾸는 데 능숙하다. 기표에 구속된 기의를 활달하게 풀어놓음으로써 기표의 가능성까지 확대시키는 것이다. 연명지는 하나의 기표를 두고 그것이 수렴하는 보편적인 기의 대신 지향적 상상력과 체험적 지식으로 전유하는 개인적 기의를 펼쳐놓는다. 지극히 사적인 의미체계이지만 소통이 원활하다는 점에서, 연명지의 방법론은 표층언어를 심층언어로 전환하는 새로운 가능성을 보여준다.

연명지는 시가 지닌 힘을 믿는다. 그녀에게 시는 현실의 허무와 고통을 초극하는 동력이자 세계의 망가지고 소외된 풍경들을 그러모아 대안 우주를 도출해내는 장력이다. 시를 하나의 대안적 우주라고 했을 때, 그녀가 추구하는 공간은 관념적 유토피아가 아니라 실재와 비실재 사이에 놓인 제3의 공간, 이데아와 시뮬라크르를 횡단하는 웜홀worm hole에 가깝다. 경계와 구획이 없어 서로 다른 두 극점을 자유롭게 오갈 수 있는 세계, 직선과 평면이 아닌 곡률과 입체로 이루어진 세계를 꿈꾸는 것이다. 그녀는 시를 통해 고독과 불안, 허무, 고통, 비애 등 인간의 실존적 한계는 물론 상투성과 관념 같은 현상세계의 부자유를 초월하고자 한다. 언어의 힘을 확신하므로, 도처에 흩어진 말들을 바벨처럼 한 장씩 쌓아 올려 로고스logos의 회복을 도모한다. 이제, 연명지를 주목해야 할 때다.